Índice

01-AMOR Y NOSTALGIA
02-APERTURA RUY LÓPEZ
03-EL COMIENZO
04-LA PÉRDIDA
05-JUGADA CONTRADICTORIA
06-CONTINUANDO LA PARTIDA
07-AUDAZ JUGADA
08-LA DEFENSA HOLANDESA
09-LA VARIANTE RIO AROA
10-SACRIFICIO DEL ALFIL
11-GÁMBITO DE LA DAMA
12-DEFENSA INDIA O EL HECHIZO
13-EL ENROQUE
14-LA TÉCNICA DE CAPABLANCA
15-DEFENSA SICILIANA
16-EL CENTRO DEL TABLERO
17-PERDIENDO EL PEÓN
18-JAQUE MATE
19-MOMENTOS

CRÉDITOS

EL APRENDIZ DE AJEDRECISTA ©

Javier Herrera Palma

© **JAVIER HERRERA PALMA**

Diseño de portada: Sol Dollmaster

Diagramación: Sol Dollmaster

Sol.dollmaster@gmail.com

Caracas-Venezuela 2024

Edición para publicación

Reservados todos los derechos. No se permite la reproducción total o parcial de esta obra, ni su incorporación a un sistema informático sin la autorización por escrito del propietario del copyright.

EL APRENDIZ DE AJEDRECISTA

DERECHOS DE AUTOR

Yo, © JAVIER HERRERA PALMA, por medio de este documento declaro que soy el único autor del libro titulado © «EL APRENDIZ DE AJEDRECISTA» y me pertenece el Copyright. Publicado en fecha 15-11-2024.

Es de mi exclusiva autoría y poseo todos los derechos para gestionar su publicación, contenido u otro uso que considere pertinente.

© Javier Herrera Palma

JAVIER HERRERA PALMA

El Aprendiz de Ajedrecista
Javier Herrera Palma

01-AMOR Y NOSTALGIA

Amores que nunca se escribieron
paisajes sin trazos ni pinceladas
recuerdos no vividos ni guardados
canciones no escuchadas ni cantadas

Corazón con hambre de pasiones
en busca de ilusiones no encontradas
recuerdos que se pierden en el tiempo
de luces y sombras olvidadas

El tiempo perdido en busca inútil
no puedo retenerlo y se me escapa
como puñado de arena entre los dedos
la vida es un fuego que se apaga

Mi grito de angustia en plena noche
de alma que sufre y se desangra
tal vez al fin al conocerte, sueño mío
calmes mi sed de amor y borres mis nostalgias...

02-APERTURA RUY LÓPEZ

Algunas veces, la vida se nos presenta como una especie de partida. Era el primer movimiento de una partida que seguramente iba para largo. No lo sabía aún, pero era romántico por naturaleza, era algo que formaba parte de su esencia y esta condición lo acompañaría por todo el camino.

En los primeros años de su adolescencia recordaba con claridad que lo visitó aquella musa casi a diario, envolviéndolo con su luz en el más hermoso de los idilios y en el cual permanecían casi ahogados, sumergidos en un limbo de diálogos y conversaciones infinitas, sobre las diferentes posibilidades de los sueños.

Incluían toda una variedad de sensaciones, entre las cuales sobresalía las producidas por la más fuerte de todas: el amor. Siempre estaba allí mientras la mirada trascendía las distancias y se perdía en las profundidades del tiempo.

Sin saber cómo, en un suspiro, en un abrir y cerrar de ojos pasaron los años y de pronto se encontró absolutamente solo en medio de la nada, mientras transitaba el camino casi recorrido de la vida y sin la más remota idea a donde se había ido todo.

En el espejo tranquilo de aquel piélago, solo alcanzó a ver la figura gastada de aquel anciano cargando a cuestas la maleta de los recuerdos.

¿Dónde está el amor? se preguntó con desaliento mientras las arenas del tiempo sin poder evitarlo, se deslizaba irremediablemente entre sus dedos.

Se acercaba al fin y desde que lo perdió en la lejana juventud, siempre se mostró esquivo y algunas veces solo llegaba por momentos, pero resultaban ser casi siempre, tan solo, falsos espejismos que solo tenían la duración de lo efímero.

Cerró los ojos y pudo imaginar muchas cosas. El ruido de los carros desapareció, lo mismo que el bosque de edificios y todo el tumulto urbano se esfumó, transformando el paisaje en algo totalmente distinto y diferente. Aparecieron colinas pequeñas y otras más grandes, árboles de muchos colores, verdes claros, verdes oscuros, verdes lila, verdes verdes, follajes de múltiples formas y tamaños y en medio de todo, aquel río tan cristalino y sereno. Este recorría derecho el valle por su centro y de pronto, giraba dando una vuelta formando una playa de una arena blanquísima.

El lecho del río Guaire estaba tapizado de cantos rodados, estas eran unas piedrecillas de una variedad desconcertante de colores y el agua contra ellas producía un murmullo cantarín y melódico, que comulgaba con todo el ambiente en una armonía desconcertante de increíble reconciliación de cada parte componente con su todo. Sobre la arena, había un paño blanco de regular tamaño, el cual estaba estampado con mariposas de diferentes dimensiones y formas. Eran tan perfectas que muchas veces las verdaderas, dudaban en irse, al no saber cuál de las dos saldría volando, ellas o las grabadas sobre el paño.

Y sobre el paño, en su imaginación, estaba ella, que parecía, pero no era, un rayo de luna. Tenía un bañador azul muy pequeño, que tímidamente no osaba siquiera competir con su belleza. El cabello, muy suelto, mantenía un romance con la brisa y la sombra serena de sus pestañas, como palmeras en el desierto, escondía sus ilusiones y sus sueños.

Sin embargo, dudó un momento, pues no sabía que era aquel hormigueo cálido que hacía temblar sus labios y que fue aumentando hasta convertirse en un sismo estremecedor, en una fuerza que removió hasta sus cimientos, hasta la más recóndita parte de sus entrañas. En ese momento ardió Troya y "los muros de Jericó cayeron después de haber sido rodeados por siete días..." Fue la primera vez que le robo un beso.

Después algo cambió. Era de una mirada aterciopelada, suave, fresca y con un tono mínimo de interrogantes y de misterio. Que delicioso se hacía el sumergirse en esa profundidad y descender, descender y descender, hasta perder la noción de las distancias y terminar dando tumbos ante la incomprensible profundidad de aquel abismo.

Cuantas veces la miró en sus ojos y comprendió por unos instantes la complejidad de lo eterno. Relámpagos de certeza pero que solo tenían la duración de lo efímero. Y su sonrisa ¿Qué decir? Tenía aroma, el cual era como el olor de la tierra en el ambiente después de la lluvia. Al reír iluminaba cálidamente los espacios derritiendo las nostalgias, dispersando las brumas causadas por la tristeza y deshaciendo en pedazos los escollos que forman las desesperanzas.

Cuantas veces recorrió redescubriendo nuevos detalles, la inmensa geografía de su cuerpo. Escalofrío de miedo le acosaron al bordear con asombro aquellas cumbres, al recorrer las planicies, redescubrir los valles, escalar de nuevo el cerro y sentir el vértigo ante aquel abismo. Se demostraba en la práctica la hipótesis matemática de la coexistencia en un solo lugar de todas las proporciones precisas, artísticamente distribuidas, perfectamente calculadas.

Alguna vez Pitágoras la había llamado "La sección áurea" cuando calculaba sus rectas inconmensurables. Alguien lo suficientemente sensible, un escultor, por ejemplo, tendría inspiración para toda la vida. Un poeta, llenaría un lago de poemas y él ¿Qué decir ante tanta grandeza? Quizás se conformaba con haber tenido la alegría y el suficiente motivo para colmar la expectativa de haber nacido y entendería por qué algunos seres incluso hasta le ladran a la luna.

Su tibia dulzura, le hicieron nadar en ríos de miel y casi hundirse en los sopores anestesiantes de la inconciencia. Fue como estrellarse contra un muro de plumas, encontrar la otra parte de sí mismo o ser desintegrado en infinitas burbujas de jabón que al ser atravesadas por la luz, llegan a producir un arco iris de ensueño...

03-EL COMIENZO

Existen algunos conceptos, que se repiten en diferentes circunstancias, pero el objetivo, es en esencia, la utilización de una táctica a fin de obtener un resultado o llevar a cabo algo, como parte de toda una estrategia. Es así, como en el arte del juego ciencia, un retiro táctico equivale a reacomodar las fuerzas para un mejor posicionamiento en el centro del espacio.

En el tablero de ajedrez, entre aguerridos rivales un *Capablanca* por ejemplo, muchas veces ejecutaba el sacrificio de una pieza como un peón o un alfil, con las intenciones de posicionarse mejor sobre el tablero. En béisbol, en un momento crucial del partido, puede ejecutarse *"un fly de sacrificio"* para traer un hombre de tercera a home y anotar. Y así sucesivamente, es más o menos comprensible el ejercicio en determinadas decisiones, cuya finalidad es alcanzar la meta y salir finalmente victorioso.

En la vida igualmente, a veces nos encontramos en medio de encrucijadas en la cuales debemos tomar una decisión. No hay alternativas, es blanco o negro, cara o sello y le toca a cada uno decidirse o ser aplastado por la historia.

En esas vacaciones de verano, fue a Bogotá, la capital colombiana. Le acompañaron como siempre, nada menos que sus primos Daniel y Miguelito. Dieciséis años cada uno. Ajustados pantalones con bota de campana. Correa de cuero ancha, con hebilla de cobre con el diseño del símbolo de la paz. Botas con plataformas elevadas por lo menos diez centímetros del piso. Lentes con cristales azules cuya montura eran en forma de estrellas.

Ahora los nietos se ríen a carcajadas, y resulta incomprensible como en esa época se llegó a sentir incluso "sobrados" con semejante atuendos tan ridículos. Pero era la moda, como salía Rin Rin renacuajo esta mañana. En otras palabras, es decir, plenos años setentas.

Una vez instalados, fueron a visitar a unos parientes y conoció en casa de uno de ellos, a la que le pareció la joven más linda que había visto hasta ese entonces en mi vida. El flechazo fue certero, en pleno centro del corazón.

Una de sus características de esa incipiente adolescencia, era que gozaba de una profunda timidez que rayaba casi con el límite de un trauma y hablarle fue toda una proeza, pero haciendo de tripas corazón, alcanzó a medio balbucear algunas frases, que ni el mismo logró entender.

La joven por su lado, dada su belleza natural, aparentemente tenía una lluvia de pretendientes y conversar con ese adolescente lo hizo con una naturalidad, como pez nadando en el agua. A la segunda visita, ya con un poco más de confianza, le pidió que, si podía ir a un parque en Bogotá llamado Monserrate. Se trataba de un cerro desde cuya parte más alta, se alcanzaba a apreciar, una magnífica vista de toda la meseta de la bella capital colombiana, a lo cual la joven argumentó que, de su parte de mil amores, pero que su mamá no la dejaba salir a ninguna parte si no era acompañada por su prima "La muñe".

Esta prima casi contemporánea con ella, a diferencia de su hermosa pariente, había llegado tarde en el reparto de la belleza. Nada agraciada la niña, sus mejillas estaban salpicadas de rojizos granos de acné y si mal no recordaba, tenía más bigotes que los de él, que para ese momento ya comenzaban a despuntar.

Con semejante obstáculo, regresó taciturno a casa y el primo Miguelito al verlo en semejante estado de desconsuelo, le preguntó que cual era el problema. Le explicó a grandes rasgos la situación y le dijo dándole una palmada en el hombro: "¿Ese es el problema? Y pronunció aquella frase que se ha mantenido en la familia por más de medio siglo: ¡Tranquilo primo, que yo me sacrifico!"

Planteó que le dijera a la bella pretendida, que con gusto saldrían y que el primo Miguelito sería el acompañante de su prima, en una salida doble. Es de imaginar que "La Muñe" no durmió en los tres días que faltaban para la salida y es casi seguro, que nunca en su vida había salido con un joven hasta ese momento y que de seguro esa salida le daría tema para presumir ante su grupo de amigas contemporáneas.

De ahí en adelante, para él todo marchó sobre ruedas y ya no necesitó salir con la famosa prima acompañante, pero el problema se le presentó a Miguelito. "La Muñe", lo llamaba por teléfono cuarenta veces al día tratando de conseguir una segunda salida y ya Miguelito había dado el caso como cerrado.

En aquel tiempo, el edificio Avianca era el más alto de la capital colombiana. Ese viernes le dijo su primo, imagínate, "Me dice *La Muñe*, que, si no salgo con ella, mañana a las tres de la tarde se lanza del edificio Avianca", situación por la cual se quedó profundamente preocupado, pero el primo que ya para esa época era todo un experto en el tema referente a los romances, no llegó a causarle la más mínima preocupación.

El sábado, a las tres de la tarde mientras el grupo de adolescentes jugaba un partido de fútbol, cada minuto con profunda preocupación no dejaba de observar el exacto Bulova de oro, regalo de mi madre. Le gritó a su primo quien se acercaba peligrosamente a las dieciocho yardas del campo de futbol enemigo "Miguelito, ¡¡¡¡Son las tres de la tarde!!!!". Perdió la concentración y el balón pasó rozando el travesaño.

Ya en horas de la noche, "La Muñe" llamó para excusarse y le dijo que entendía la situación y desistía de su propósito. Muchísimos años después, ahora que recordaba hechos del pasado, pudo comprobar que este fue otro caso de una crisálida que llegó a convertirse en hermosa mariposa.

04-LA PÉRDIDA

Más tarde, en esos de juventud, como suele suceder algunas veces en esta vida, llegó a conocer a la joven que en ese momento alcanzó a considerar la criatura más hermosa que jamás había visto sobre la tierra.

Padeciendo de una timidez absoluta, le resultó increíble cuando le dijo que ella se había transformado en el motivo de todas sus intranquilidades y sus insomnios. No recordaba ya como llegó a decirle, pero se convirtió en otro gran amor de su vida.

Siendo de un carácter romántico en extremo, melancólico y soñador a morir, admirador de los grandes poetas de la antigüedad, había leído un considerable volumen de ellos y sin darse cuenta y sin saber cómo, empezó a componer los primeros versos, de tal manera que fue el inicio de la creación de los primeros poemas imperfectos y quizás cargados de una cursilería superlativa, pero que, para aquella joven, el hecho de ser creados e inspirados en su honor, le producía cierto orgullo y extrema complacencia.

Recordaba que un cuaderno escolar que había dedicado para esos fines, se fue llenando página tras página hasta que llegaron a convertirse en más de trescientos. Las novelas de grandes amores fueron entonces sus libros de cabecera y llegó a devorarlos con un apetito que le mantenía inmerso en una nube de fantasías donde el tiempo extrañamente, estaba detenido.

Cuando despertó de ese sueño, habían pasado cinco años en un abrir y cerrar de ojos, solo interrumpido cuando su amada se había volado con otro romance secreto que le calentaba el oído y del cual no llegó a darse cuenta, sino cuando el acto estaba consumado y la joven se había escapado con su oculto pretendiente.

Durante cuarenta días y cuarenta noches, nadó sumergido en un océano de alcohol y lágrimas, tratando de ahogar la pena mientras que la ranchera que se escuchaba en el fondo del bar de mala muerte donde fue a refugiarse, repetía una y otra vez «*Porque sé que de este golpe ya no voy a levantarme y aunque yo no lo quisiera voy a morirme de amor...*»

Extrañamente no llegó a morir de amor, pero esa se convirtió en la primera raya de la que sería con el paso del tiempo, una más dibujada en la piel de un tigre.

05-JUGADA CONTRADICTORIA

Años después, sucedieron otros hechos interconectados que de alguna manera escribieron nuevos capítulos relacionados con el romance. El primer recuerdo que tenía de esa adolescente se remontaba a los lejanos diecisiete años, mientras ella tenía un poco menos. Por alguna circunstancia que no recordaba, él se encontraba de mal humor ese día y al salir a la puerta de la calle, iba pasando aquella joven, quizás proporcionalmente muy delgada para su estatura.

En ese momento por el mal humor no se dio cuenta, pero a pesar de su exagerada delgadez, tenía un bonito cabello negro, ondulado en las puntas, pero que le caía como una cascada, de una forma graciosamente natural. Sus grandes y verdes ojos, estaban enmarcados por unas rizadas pestañas también negras.

——¡Flaca tírame un hueso! Le dijo, a lo que la joven en vez de mo-lestarse, le respondió sonriendo.

——¡Yo no le tiro un hueso, a cualquier perro! —pero extrañamente lo dijo sin ninguna molestia, sino más bien desternillada de la risa, respuesta hizo desaparecer en un instante su mal humor y se acercó para acompañarla los cincuenta metros que los separaban de la esquina. En ese corto trayecto, ya tenía su nombre, donde vivía y su número de teléfono. En esa época estaba cursando el primer semestre en la facultad de arquitectura, en aquella calurosa ciudad, donde Shakira caminaba descalza por la playa y tarareó sus primeras canciones.

Muchos años más tarde, ya rayando los cuarenta, después de estar viviendo una larga temporada en un vecino país, después de buscar con insistencia en todos los rincones tratando de encontrar el amor verdadero sin mucha suerte, decidió visitar su ciudad natal tras muchos años de haberse ido, para saludar a los parientes aun sobrevivientes.

Ya la generación a la que pertenecía su madre, inexorablemente había desaparecido cumpliendo el ciclo natural de la vida y supuso que después de todos esos años, igualmente sería buena idea visitar a sus antiguos amigos y compañeros salesianos de primaria. Ese grupo que después de más de medio siglo permanece unido desde esa época hasta el presente y que poco a poco igual va desapareciendo, pero con la firme promesa de verse de nuevo en la otra vida.

Le fue encomendado el dudoso honor de irse de último, de ser el cronista del grupo, de contar todas sus historias, apagar la luz y cerrar la puerta. Igual, aquel viejo amigo y sacerdote cuya amistad se ha prolongado por más de medio siglo, aún hoy, esperan la llegada del viernes para saludarse y quizás también para despejar la duda si aún por ventura, continúan en este plano y siguen perteneciendo a este mundo.

Ese viejo sacerdote, ahora retirado y cuyo último cargo fue llevar las riendas del seminario mayor, lo cual combinaba con sus obligaciones pastorales de obispo en la ciudad donde todos los días se inventa un cuento nuevo y se lo refieren a uno en la calle y cuando no, lo vienen a contar a la casa. En ese viaje por coincidencia tuvo la oportunidad de ver a su amigo Armando en sus últimos días.

Armando había sufrido un accidente cerebro vascular a sus cuarenta y no volvería a despertarse nunca más. Fue en esa misma tierra donde su tío, aquel venerable anciano querido por todos y quien era sastre de profesión y con quien había vivido gran parte de su adolescencia y juventud, aquel buen artesano quien no daba puntada sin dedal, le dijo la frase que recordaría para siempre: "Tranquilo sobrino, que todo llega".

Aún vivía en la misma casa y también por allí cerca vivía aquella antigua novia quien ya no era la delgada joven, sino una impresionante belleza que vio caminando por el mismo sitio, pero que ahora daba más bien la impresión de ir flotando. Solo que sus proporciones había cambiado al grado de no conocerla en un primer instante.

Sus piernas seguían siendo largas, solo que proporcionalmente perfectas. Sus caderas firmes, pujantes y briosas, con una curvatura que producía escalofríos. La cintura muy estrecha, producía unos desequilibrios de muerte y la cascada de su negro cabello, seguía siendo largo y ondulado, solo que casi le tocaba la cintura y además, sus grandes ojos verdes y la simpática sonrisa, enmarcaban aquel rostro dándole una belleza que no pasaba fácilmente desapercibida.

Debió gozar un imperio al verlo seguramente con la boca abierta y la mandíbula colgando sobre el pecho por la tremenda sorpresa. Entonces finalmente, en ese instante se hizo la luz y pudo por fin reconocerla. En efecto, era la misma muchacha de tantos años atrás, solo que, como las crisálidas, había emergido en una hermosa mariposa que solo le faltaba volar.

Estaba seguro de que no se trataba de ninguna mariposa traicionera como dijo el grupo musical Mana en uno de sus temas, él era quien en aquellos lejanos días había decidido salir en busca de su destino, cargando a cuestas con una maleta de sueños y dispuesto a abrir tienda en otro lado. Esa misma tarde fueron a departir a un sitio cercano.

El café frappé seguía siendo su favorito y él pidió un cappuccino, pero que estuviese bien caliente. Trataron de resumir y llenar sus agendas, con las hojas que le faltaban. Las horas se evaporaron y le parecieron minutos.

Finalmente se despidieron cordialmente, se dieron el más fuerte y cálido de los abrazos y el no supo cuál de los dos dejó escapar la primera lágrima. Estaban completamente seguros, que esta vez, esa despedida era para siempre.

Pasarían muchos romances, hasta que tiempo después conocería a la que sería su amor definitivo. Ella se encargaría desde un principio a volver a enseñarle de nuevo a amar, a olvidar las nostalgias, a sembrar un campo de esperanzas y sueños y a sanar el corazón que aún permanecía herido, por aquella primera artera traición recibida en su adolescencia.

06-CONTINUANDO LA PARTIDA

Mucho tiempo más adelante, cuando acababa de cumplir los treinta años y había llegado a la conclusión, que debía levar anclas, agarrar su maleta de sueños y armar carpa en otro lado como algún día en el pasado lo había hecho uno de sus ancestros al otro lado del mundo, donde todo estaba dibujado con un paisaje de dunas y caravanas de camellos. Varios hechos que se conjugaron y la alineación de astros necesaria, finalmente le hicieron llegar a esa ineludible conclusión. Aunque pareciera imposible, llegaría a encontrar lo que buscaba.

Cuando estaba pequeño, una habilidad innata para el dibujo, acompañada de una facilidad para las matemáticas, hacía decir desde que tenía memoria a sus parientes cercanos, «Este va a ser el arquitecto de la familia».

El pensamiento condicionado y repetido infinitas veces, se va escribiendo en los surcos de la memoria, adquiriendo una persistencia que, a la final, llega a convertirse casi en un componente genético.

Tan pronto estuvo en el tiempo y lugar de entrar a la elitista Facultad de arquitectura, comenzó a realizar sus exámenes de admisión, en aquella época signados por las recomendaciones y las influencias políticas, hasta que por cosas del destino y la aparente exagerada corrupción de las autoridades universitarias, hizo enviar desde la capital un rector para poner orden y éste citó a exámenes y clasificación por estrictas notas obtenidas y fue en ese momento finalmente, cuando pudo, después de dos años y medio, entrar por fin a la dichosa facultad, para aquellos tiempos, una de las mejores del país.

Uno de sus catedráticos había sido discípulo de *Frank Lloyd Wright*, considerado uno de los padres de la arquitectura moderna. Ocho de sus obras fueron declaradas patrimonio de la humanidad por la Unesco, siendo figura destacada en ese campo en el país del norte. Autor de la conocida «*Casa de la cascada*», lo mismo que el Museo Guggenheim, en Nueva York.

EL APRENDIZ DE AJEDRECISTA

ta a punta Venezuela. Era la compañía de sus amigos virtuales de los cuales, en ese momento, casi sentía su presencia física.

Tantos otros sonidos y aromas, en unos segundos se entrelazaron como si fuesen manos, convirtiendo el mundo como en un primer círculo de cariño y ya no sintió la soledad, aunque muchas veces pensó que esto era contradictorio porque siempre en los momentos importantes estaba Sor Soledad a su lado con una palabra de consuelo y aliento y por supuesto el sentimiento hecho pasión huracanado, tumba puertas y arrasador de la que con el tiempo llegaría a ser su eterna compañera y quien encerraba en su inmenso corazón, el resumen de los más hermosos sentimientos.

Un manantial incontenible de lágrimas de aquellas personas reunidas en ese último adiós a la abuela adoptiva, a la madre de todos, a la persona que día a día alegraba sus momentos con una palabra, con una frase de aliento con una mirada carga-da de bondad y sentimiento y con una aromática taza recién hecha.

Había partido en su último viaje, pero esta vez sin retorno a los confines del tiempo y solo sobreviviría en el recuerdo de aque-llos que la quisieron y que disfrutaron en algún momento de su presencia. Había llegado el momento de decirle adiós a la abuela de todos, adiós a la anciana amada, adiós para siempre a su adorada madre.

07-AUDAZ JUGADA

Es fácil deducir que, al poco tiempo, un par de solitarios terminasen involucrados sentimentalmente. Ella venía de la provincia y estaba sola en medio de la gran ciudad. Esta hospitalaria ciudad aún no había sido desmejorada por las circunstancias, ni aún vivía el éxodo que se daría varias décadas más tarde, por razones circunstanciales.

Tiempo después se enteró que la agraciada joven, era sobrina de un importante dirigente del partido de gobierno en ese momento en ejercicio, quien a su vez era uno de sus directivos y en consecuencia ocupaba la presidencia del Congreso.

La joven procedía, como muchas veces sucede, seguramente de la rama de menos recursos del encumbrado político y el por su parte, un emigrante sin ningún tipo de fortuna y con una mano adelante y otra detrás.

En un momento dado ante el desespero de no encontrar una salida y cada vez con menos recursos de sus exangües ahorros, ante las pocas oportunidades conseguidas por sus propios medios, la muchacha ante el desespero le preguntó si quería que le ayudara en algo.

Le respondió que necesitaba urgente un trabajo a lo que ella le dijo con determinación que lo iba a ayudar a conseguir uno. Aún en ese momento no conocía la casta de la susodicha y en el relativamente poco tiempo que se llevaban tratando, tampoco conocía el alcance, la audacia y la determinación de la que era capaz.

Esa semana recibió una llamada que lo dejó sorprendido. Era desde un ministerio donde se le invitaba para la siguiente semana, a una entrevista a determinada hora, al despacho del ministro. En efecto, el día prefijado llegó y el funcionario quien en un principio lo trato con cierta displicencia, diciendo «Solo tengo cinco minutos, porque tengo una reunión urgente» mientras que en apariencia observaba su fino reloj marca Rolex, pero en un par de minutos, quizás al verle la cara de hambre que le acompañaba, sacó a relucir su lado humano y le preguntó en un tono más conciliador:

EL APRENDIZ DE AJEDRECISTA

——¿Quieres trabajar aquí o quieres contratos?

En algunas situaciones, se debe analizar los pros y los contras de determinadas circunstancias y establecer la respuesta correcta a la velocidad de la luz. Saltar hacia adelante, aunque sea un salto poco gracioso y feo como el del sapo:

——¡Contratos! Le dijo.

La causa o razón era muy sencilla. En tan corto tiempo en el desarrollo de los acontecimientos, aún no tenía resuelto la parte legal de permanencia en el país y las posibilidades de conseguir algo acorde con su preparación, eran muy remotas.

Pero los contratos, era otro cantar. En este punto debía admitir, que, en los negocios, sus ancestros árabes habían dejado su rúbrica. Dejó sus datos y referencias con la secretaria, según lo indicado y el lunes siguiente tal cual lo acordado, recibió la llamada para que fuese a buscar la orden referente al primer contrato de trabajo.

En ese punto el dilema adquiriría nuevas complicaciones por resolver y que debían solventarse en menos de lo que canta un gallo. A mayor compromiso, mayores incógnitas y todo daba la impresión de que en apariencia quizás, se acrecentaba en una proporción geométrica las variables y complicaciones a resolver. Aún no había escuchado nada referente a la cuántica.

Ahora ya tenía el primer trabajo consistente en un contrato, pero no tenía aún empresa ni capital, ni una serie de recaudos con los cuales resolver esa complicada ecuación. Sin embargo, muchas veces, la fe en la humanidad, es lo último que se pierde.

08-LA DEFENSA HOLANDESA

«Hombre soy, nada de lo humano me es ajeno», como sentenció Terencio el Africano, de manera que ante este nuevo dilema y la difícil situación que se le planteaba no quedaba de otra que resolver el entuerto o morir en el intento.

Comprendió de golpe y porrazo y en plena práctica, el primer proverbio popular de esa región de los muchos que iría aprendiendo con el paso de los años. Este enunciaba textualmente a la sentencia en la cual algunas veces, aunque no quieras: «¡*O trepas o te encaramas!*» queriendo con ello decir, que muchas veces solo cuentas con una sola alternativa.

El recorrer por todos los pasillos del piso sesenta y tres de una de aquellas torres gigantes en Parque Central, ya cansado y a punto de perder la esperanza, encontró casualmente un gerente de división a quien le comentó cómo se le planteaba el partido de la vida y ante la metáfora que le mencionó donde incluso estaba dispuesto a "sacrificaría el alfil" como si fuese una partida de ajedrez, con tal de posicionarme mejor en ese tablero, que no es otro que para el caso, a veces es nuestra propia existencia.

Néstor Barrios, el nuevo conocido le regaló un par de minutos de su valioso tiempo en un poco frecuente gesto humanitario y por el cual seguía teniendo aún fe pensando que, en la raza humana, no todo lo tiene perdido y que aún se alcanza a descubrir en los seres humanos algunos vestigios por los cuales no debemos perder la esperanza en ellos y le dijo:

—Lo que puedo hacer por ti es enviarte a donde un amigo italiano, quien es el mayor contratante de este organismo. Si él quiere ayudarte, es probable que te salve la campana. Lo demás ya depende de la suerte y de ti.

En ese momento, en su imaginación se encontró en el centro del ruedo, en un primer y único desafío con un tremendo miura imaginario superior a todo. Solo contaba con un solo lance, un par de verónicas en el centro del ruedo para entusiasmar los tendidos y ¡Directo al centro a terminar la faena!

Agarró en la estación Bellas Artes el popular transporte del Metro subterráneo y en diez minutos estaba en la planta baja del edificio de oficinas en Chacaíto. Ya en la antesala de la oficina del empresario, tomó la pequeña taza de café que le brindó la secretaria y al mismo tiempo, terminó de apurar de la bota ficticia el último sorbo de manzanilla. La suerte estaba echada, salía en hombros cortando rabo y orejas o sencillamente aquello era tan solo ¡Debut y despedida!

Jorge Di Marco finalmente le atendió y fue al grano de inmediato. Su propuesta fue sencilla, pero razonable. Para sus adentros consideró que el empresario veía aquel gesto como un juego en la ruleta, donde apostaba una pequeña cantidad al veintidós rojo a ver que resultaba. Lo que quizás en su escala de Jorge era una insignificancia, para él era casi un año de sobrevivencia.

Llevaba en una carpeta un pormenorizado análisis de los costos operativos, manejados con una economía de guerra, como siempre había sido su costumbre, para maximizar los beneficios, pero él se limitó a decir.

—Solo quiero saber cuánto necesitas. Cuando termines, después de devolver la inversión, los beneficios los dividimos mitad y mitad.

——Me parece justo, le dijo.

La verdad estaba dispuesto a aceptar cualquier convenio, ya decía su abuelo en sus tiempos "D*el ahogado, el sombrero*". Salió de aquella oficina con un cheque a su nombre y con el interrogante, por qué alguien que no conocía, había depositado su confianza y le entregaba aquella apreciable cantidad.

Esa respuesta se la daría muchos años después, porque el resultado fue exitoso. Le devolvió su inversión y los beneficios alcanzaron una cantidad igual a lo invertido. Lo que imaginaba iba a ser una larga conversación de análisis de costos se redujo a una propuesta.

—Busca los trabajos que quieras que yo te financio —le dijo y desde ese día nació una amistad que se fue consolidando con el paso de los años.

Muchos años después, habiendo pasado mucha agua bajo el puente, habiendo cambiado de país de nuevo y antes de comenzar la jornada laboral esta vez en la ciudad de Lima, tenía por costumbre llegar muy temprano y tener una corta conversación con un amigo cristiano, igual de madrugador.

—Pero ¿qué pasó con la chica? le dijo el amigo con quien compartía aquellas historias que parecían "Puro cuento", en esa mañana de trabajo, apurando el último sorbo de su taza de café diario, recién hecho.

—Precisamente ahí radica el enigma, pero ese resto de la historia, te la contaré otro día, le dijo a Juan Piñango —Además, ya se terminó por hoy mi jarra, le respondió.

En efecto, muchísimos años más tarde, a Juan Piñango se lo encontraría de nuevo esta vez en caminando por la Avenida Brasil, con la Avenida Javier Prado de la ciudad de Lima, donde parodiando a Fray Luis De León «*Dicebamus hesterna die*» (Como decíamos ayer), continuarían esas charlas mañaneras en especial debates sobre temas teológicos de una media hora, antes de iniciar la rutinaria jornada de trabajo.

Actualmente montados ambos en los años septuagenarios, la taza de café es virtual y llega sin falta por vía electrónica, por la mensajería *WhatsApp* a las cinco cero cero cada mañana.

09-LA VARIANTE RIO AROA

Ese matrimonio con la sobrina del político, finalmente terminaría en un desastre. Fue el primero en algo que se convertiría en una situación reiterativa y como es fácil de suponer, aparte de la resaca de sentimientos, quedó nuevamente con una mano adelante y otra atrás, hecho que, por ser una constante, ya no le era ajeno. (No es recomendable en absoluto este ejercicio, pues siempre resulta ser, el peor de los negocios)

Viajó a la capital, desde la ciudad de Valencia, una ciudad que quedaba a dos horas de la misma. El practico equipaje en un pequeño maletín con dos camisas y dos pantalones, reflejaba una pobreza franciscana y pudo por supuesto en ese momento, entender de que se trataba y en qué consistía la famosa frase.

Ya el presidente en ejercicio había sufrido dos intentos fallidos de golpe de Estado, pero algunas decisiones de la población, años después, dado que los errores algunas veces se corrigen, finalmente el hecho trajo sus consecuencias. Tiempo después el hecho se materializaría recibiendo el protagonista en bandeja de plata, las mieles del poder.

Como ningún hijo de Dios muere boca abajo, encontró de casualidad a un maestro de obra, con el cual había trabajado muchos años y al compartir en unas mesitas de un centro comercial un café bien conversado y enterarse de su precaria condición, ante el planteamiento ofrecido, el maestro lo convenció abriéndole las puertas de su casa brindándole alojamiento, mientras conseguía un trabajo de nuevo.

Su argumento resultó ser absolutamente convincente y lógico (gracias por las enseñanzas del Señor Spock). Podía bajar sus gastos al mínimo, permitiéndole concentrar en el objetivo de encontrar un equilibrio para reiniciar y encaminar de nuevo su vida.

Sin embargo, al igual que Job, pero no el del visionario de la manzanita, a pesar de todo, su fe permanecía intacta. En el populoso sector de Petare, uno de los más peligrosos de América, no se podía llegar después de las cuatro de la tarde. Tocaba colocar un rostro de piedra, so pena de verse hasta orinado por los perros.

Unos hermanos cristianos, se acercaron a brindarme su apoyo incondicional y dado algunos incipientes conocimientos bíblicos que aprendió en la lejana época de la adolescencia, se daban algunas tardes, unos debates teológicos lo más de interesantes, que llenaban las horas de reflexiones, mientras buscaba opciones para resolver la ecuación de la sobrevivencia.

Escuchaba una vieja canción de Roberto Carlos, cantante brasilero, el cual, si vive, debe tener un millón de años, al igual que él. La letra decía más o menos: "En el fondo, ¿Qué es la vida? No lo sé..." un eterno interrogante que quizás llegaría a resolver tan solo en el último suspiro.

Pudiera darse múltiples interpretaciones. A medida que trascurría el tiempo, insistía en pensar que el balance de sus vivencias, debería ser siempre positivo, a pesar de que se siga tropezando con la misma piedra. Algún día es posible que se aprenda a levantar los pies.

En el Metro subterráneo, en uno de los pasillos del vagón, se encontró un viejo conocido y antiguo funcionario del Ministerio, aquel que lo había recomendado con el italiano en sus inicios. Aparentemente estaba en otra actividad y de quien se había hecho amigo desde aquella lejana época.

Al preguntarle este por su vida, le hizo un breve resumen del último año, con toda la borrasca de sus intrincados acontecimientos. Le entregó una tarjeta, ahora ejercía un alto cargo en el Banco Latino y le dijo que se diera una vuelta por su nueva oficina, que quizás había algo en que pudiera trabajar.

Ese viernes estaba a las ocho cero cero, tocando el timbre de dicha oficina. El antiguo amigo le hizo una explicación del proyecto que desarrollaba. Este consistía en una urbanización llamada Campo Caribe, con terrenos de una hectárea y su respectiva cómoda vivienda, más los derechos proporcionales sobre el producto de unos cultivos de naranjas que se cultivaban en varios cientos de hectáreas junto a la urbanización rural.

EL APRENDIZ DE AJEDRECISTA

Cabe destacar que esta región es famosa por lo dulce de sus naranjas y por la belleza de sus mujeres.

Allí tenían un problema. En el invierno, cuando crecía el río, era imposible el acceso a las parcelas de los propietarios. Le comentó que necesitaba la construcción de un puente, pero el precio debía ser solidario, pues los dueños de la Urbanización iban a donar el costo del trabajo, para comodidad de los parceleros y poder también vender un saldo que aún le quedaba de las mismas.

Su especialidad era realmente la arquitectura, pero en su época, en la academia se veía conjuntamente hasta sexto semestre ingeniería civil, con la finalidad de que, en el ejercicio de la profesión, poder trabajar en armonía con los ingenieros civiles en los conceptos referentes a cálculos, distancia entre ejes de columnas y pre dimensionamiento de elementos estructurales.

Cómo decía su abuelo, algunas veces hay que agarrar, aunque sea fallo y era lo único disponible. Salió de la oficina con el contrato asignado quedando solo por precisar, el costo final del trabajo que se definiría mientras se elaboraba el diseño y cálculos del mismo.

Una vez hecho el planteamiento teórico, se puse en contacto con un amigo ingeniero para los cálculos y este por coincidencia también se encontraba más varado que un corcho. Este era muy bueno en su profesión, pero en ese momento no alcanzaba a comprender porque en su vida personal era un completo desastre, casi tanto como él. Sin embargo, tiempo después, llegaría a resolver ese rompecabezas.

Siempre es preferible que cada especialista maneje su experticia, de manera que, una vez acordado el precio, el ingeniero y él se dieron a la tarea de los cálculos de acero y las secciones de los elementos de concreto. Pero cada uno en los suyo, es decir, "zapatero, a sus zapatos".

La verdadera amistad, el verdadero valor de un amigo, es incalculable. Es evidente que está muy por encima de las cuarenta monedas de plata. Si traicionas un voto de confianza, podrás reconciliarte o limar asperezas, pero no será lo mismo. Desde luego, compartir un nuevo café, si es que se da, nunca más sabrá a lo mismo.

Al llegar a la pequeña población de Aroa, dónde se construiría el puente, se alojó en el único hotel existente, el cual cumplía varias funciones. Era además de bar en la primera planta, hotel de "alta rotación" y lugar obligado de viajeros de paso.

La negra Eufemia, una amable matrona propietaria, al establecer una amistad para que pudiera contarle de vez en cuando una que otra historia al final las tardes, le agarró gran estima y por aquellas tardes brindaba un café *Fama de América* recién colado y hervido a la leña.

Solo faltaba un compañero de tertulia para disfrutarlo bien conversado y desde luego, ese tema era solucionable. Llamó de nuevo a su amigo, el ingeniero Segundo Moliero, por si se presentaba alguna eventualidad, tenerlo disponible y cosa increíble, aún seguía varado como un corcho.

El otro inconveniente era la mano de obra. Al ser un pueblo de pescadores había poca oferta del oficio que se necesitaba. Pero la falta de trabajo por esos días y la abundante oferta de mano de obra disponible buscando una oportunidad de ganar algo para su subsistencia, se convirtieron en factores que actuaron a su favor.

Hubo que explicarles desde cómo se empuñaba una pala, pero después de un ligero tutorial en vivo (aún no era popular *YouTube*), al poco tiempo ya tenía una cuadrilla de entusiastas, voluntariosos y dispuestos obreros de la construcción y otros tantos "en la banca", esperando por si alguien se resbalaba. La técnica "botón apretado" que la aprendió en el libro de Trevanian, realmente ofrecía buenos resultados.

El trabajo quedó impecable. Siguiendo los planos al pie de la letra y una rara cualidad que descubrió en ese momento. Una facilidad para el oficio de la carpintería y fabricación de encofrados, quizás herencia de su difunto abuelo, quien fue maestro carpintero en sus tiempos.

Faltando pocas semanas para concluir el trabajo, había disminuido quince kilos de peso. Un feroz ataque de amibiasis por la mala calidad del agua del lugar, ya era alarmante. Llamó al amigo ingeniero a la capital, para que viniese urgente a tomar "el testigo" y lo remplazara, porque era imperativo que se hiciese el tratamiento médico en la Capital.

El amigo fue presentado como socio, para hacer suave la transición del mando y los obreros siguieran las ordenes sin chistar. Para el momento hasta se creyó el cuento imaginario de que además de arquitecto, era una especie de sargento a quien los trabajadores obedecían cualquier orden sin chistar.

Al contratante le fue presentado al amigo como socio, para evitar cualquier duda sobre la finalización de la obra y hacer la transferencia de mando sin mayores traumas.

Las dos o tres semanas faltantes se cumplieron sin ninguna novedad y el trabajo fue entregado a satisfacción. La única variable que no estaba prevista, fue que el amigo, ya sexagenario para aquel momento, cobró el saldo restante del trabajo y se voló con una hermosa jovencita del pueblo que no llegaba a los veinte y que guardaba en su vientre, las primeras semanas de un embrazo.

Muchos años después, habiendo pasado mucha agua bajo el puente, se encontró al ingeniero Moliero en la capital y al preguntarle por el romance, su respuesta extrañamente no le dejó sorprendido.

Según le comentó, la jovencita lo dejó cuando se acabó el dinero del que se había apropiado por el trabajo del puente y aparentemente la muchacha cuando salió del pueblo estaba embrazada y obviamente no era del amigo ingeniero. Por cierto, causaba mucha curiosidad aquel grupo familiar conformado por un adulto mayor de lentes y cabello canoso y una muchacha, blancos ambos y en brazos del abuelo, un hermoso negrito de pocas semanas de nacido.

Aparentemente después del episodio del puente, seguía varado como un corcho. Le pidió que le regalara para una caja de cigarrillos antes de irse, vicio que nunca dejó y al sacar el dinero del bolsillo, en ese mismo instante, se sintió liberado absolutamente de todos sus rencores y fue como si descargara de sus hombros una nevera gigante de doble puerta, que venía cargando desde hacía mucho tiempo.

JAVIER HERRERA PALMA

10-SACRIFICIO DEL ALFIL

La seguidilla de trabajos otorgados y el aprendizaje sobre la marcha de ese nuevo oficio de contratista en construcción, por alguna circunstancia que desconocía en ese momento, le hizo sentir como pez en el agua. La combinación de una serie de cualidades, incluida algunos componentes genéticos de sus ancestros árabes que de alguna manera salieron a flote.

A pesar de haber constituido una pequeña organización que no alcanzaba a una docena de personas, era compensado con la eficiencia en el manejo de los recursos y agrupar muchas veces en una sola persona, más de una especialidad, con el paso del tiempo hacía que todo fluyera con la precisión de un reloj suizo.

Para ese momento, José Alonso, un gallego quien hace rato ya no nos acompaña en este plano, le enseñó con detalle la técnica de "*El martillo de seda*", que en un libro de Trevanian, con cierta sofisticación, la leería descrita exactamente igual, pero con el nombre de "*Técnica del botón apretado*".

La base del personal era emigrante de un país vecino sitio de su procedencia y donde la necesidad y carencias existentes por muchísimos años, hacía que los trabajadores en sus diferentes oficios, estuviesen acostumbrados a resolver casi como si se tratara de magia, los problemas cotidianos de la más variada índole y de la manera que se presentaran. Manejaban como expertos la solución de los más complejos interrogantes, verdaderos maestros en el hecho de hacer «*De tripas corazón*».

De verdad pensó, si abandonamos la soberbia por unos segundos y sabemos poner la debida atención, todos los días podemos aprender algo nuevo, enriqueciendo la experiencia del sencillo acto de existir. La puesta en práctica de una serie de conocimientos aprendidos que permanecían escondidos en el subconsciente en la facultad de arquitectura, salía a flote de los surcos de la memoria y explotaban como luces de bengala, resultando ser en su momento de extraordinaria utilidad para la solución de los problemas.

Recordaba a veces, por ejemplo, que en algunas ocasiones en la oficina del italiano Jorge Di Marco en los breves minutos que utilizaban como "break" para un café, sostenían cortas e interesantes conversaciones filosóficas sobre los más diversos temas. Sus enseñanzas en el campo de la contratación y el manejo del negocio, muchas veces combinadas con experiencias personales, resultaron ser de gran valor. Allí llegó a comprender, cuando un tema era personal y cuando era una cuestión de negocios.

Sus ancestros italianos, también habían dejado su rúbrica y se ponían de manifiesto. Años más tarde cuando visitó Italia, pudo comprobarlo de cerca en Roma, Florencia, Milán, Venecia y otras ciudades más pequeñas de la bota itálica y de cuyos nombres ya no puedo acordarse.

No resultaba tan complicado descifrar en cierta forma, el genio creativo de los grandes maestros renacentistas. Lanzó su puñado de monedas de plata por encima del hombro en la Fontana di Trevi deseando retornar alguna vez, pero era muy probable que ya no fuese por lo menos en esta vida.

Mucho tiempo después, pudo comprobar que había tenido la suerte de aprender de uno de los mejores en su experticia y el a su vez, pudo darse cuenta también con el tiempo, que disfrutaba los cortos relatos que ya desde esa época escribía sobre los más variados temas de lo mundano y lo divino, aunque todavía no los había agrupado con el pomposo título de «*Historias verdaderas o puro cuento*».

Al año siguiente, ya había ahorrado lo suficiente para financiar sus propios proyectos, de manera que le participó a Jorge de que se abría, se independizaba, lo que al principio le trajo cierta contrariedad y disgusto al opulento amigo, porque en su opinión, consideraba que aún no tenía las alas suficientes emplumadas para volar. Pero ya el movimiento peón-cuatro-rey había sido hecho, el gambito de la reina ejecutado y la decisión estaba tomada.

En su vida personal, la relación con aquella muchacha que había conocido en la cafetería continuaba. Finalmente comenzaron a convivir ubicándose en un sitio de la ciudad donde resultara estratégico para la actividad económica que realizaba.

La joven dada su astucia natural, desempeñaba algunas actividades referentes a las labores administrativas. Las obras se multiplicaban, lo mismo que lo facturado. El estar metido de pies y cabeza y dedicar gran parte de las horas del día a esa actividad incluyendo los fines de semana, por un largo período, impidió que se diera cuenta de algo que estaba sucediendo y que al final, daría al traste con todo.

Su compañera que nunca en su vida había manejado esos volúmenes de ingresos, aunque el tampoco, perdió el rumbo en el manejo de gastos y fue entonces que cayó en cuenta que por más ingresos que entraran, estos caían en una especie de saco roto y, por consiguiente, por mucho que se produjese, el patrimonio no crecía, sino todo lo contrario: Iba en franca picada hacia la bancarrota.

Muchos años más adelante, dado su afición por todo lo escrito, pudo comprenderlo. Leyó un artículo de un joven financista que tuvo la suerte de conocer en Lima, José Rabin, donde mencionaba como ejemplo, los ingresos gigantescos de un boxeador estadunidense y como a pesar de ello, cada determinado tiempo, debía regresar de su retiro por estar casi quebrado tocándole boxear de nuevo.

Guardando las proporciones, esto era lo que estaba sucediendo y era que, al inicio de la aventura, por no haber aún solucionado en aquel momento lo referente a la parte legal de permanencia, tuvo que registrar la empresa, cuentas bancarias y todo lo relacionado con la base para contratar, a nombre de aquella muchacha. En otras palabras, se había puesto la soga al cuello, estaba completamente atado de manos y subido metafóricamente, en un banquito tambaleante.

11-GÁMBITO DE LA DAMA

Debía admitir en esta parte que, desde aquel momento del encuentro con la joven en esa cafetería, en aquella distante época en que fue blanco de las pelotitas de papel, el tiempo siempre tan relativo, había transcurrido a una velocidad inusitada. Cinco años habían pasado en un abrir y cerrar de ojos. Con toda la razón la letra del tango decía «*Veinte años no son nada*»

Debido a la traición y el desengaño del pasado, en la ya lejana adolescencia, los hechos sucedidos habían dejado una profunda herida y él consideraba que la parte correspondiente al amor y los sentimientos, eran un tema que manejaba con torpeza.

Lo relacionado al romance y los sentimientos, revestía unas características que preferiblemente debía aplazar, por lo menos por un tiempo aún no determinado y en consecuencia correspondía concentrarse completamente en el desarrollo de otras iniciativas más prácticas y menos idealistas, de tal manera que decidió no complicarse la vida en una trama que al final, quizás resultara espinosa.

Sus intereses estaban claramente definidos en centrar todas las energías y los pensamientos en lo concerniente a la sobrevivencia, para una vez consolidada esa parte, entonces sí, sentarse a pensar en cualquier otro proyecto o iniciativa que fuese más humana o más cercana a situaciones místicas, espirituales o sencillamente cargadas de sentimientos.

Con ello claramente definido, consideró que por el momento no debía perder el tiempo al menos, mientras lograba sanar ese romántico corazón, quien como lo describiría tan acertadamente Alejandro Sanz en su tema musical, «*Corazón partío*» por las heridas de aquel desengaño.

Ya encontraría el tiempo de recoger los pedazos de ese roto corazón, pegarlos y pensar cómo resolver un tema que, hasta ahora, le había resultado francamente complicado.

EL APRENDIZ DE AJEDRECISTA

Pero en este caso, en un intento desesperado por salvar el patrimonio que se diluía rápidamente como arena entre los dedos, tomó uno de las decisiones más absurdas que pudo tomar como ser humano.

Una relación cimentada no en el amor sino en el interés, está condenada desde sus inicios al fracaso. Se casó para salvar el cincuenta por ciento que aún sobrevivía de lo existente hasta ese momento, ya que legalmente no tenía como demostrar que alguna parte de aquel patrimonio pudiera pertenecerle. Craso error. En menos de lo que canta un gallo, la parte de la compañera se volvió sal y agua y la suya comenzó a evaporarse rápidamente.

Habiendo perdido el sueño y sumido en un insomnio que ya era persistente, sin la más mínima tranquilidad y sin esperanza de que algo pudiera mejorar, llegó a la conclusión que debía terminar esa relación completamente toxica, antes de que la situación acabase con su existencia.

De nuevo, como al principio de las cosas, tomó dos camisas y dos pantalones en un pequeño maletín como ya lo había hecho en el pasado cuando salió en busca de su destino y abandonó derrotado aquel hogar dejando todo atrás para siempre. Ya esa moda de una mano adelante y otra detrás, no le era para nada desconocida.

Fue entonces en ese momento cuando verdaderamente tomó conciencia del tiempo transcurrido, lo embargó una profunda paz y la sensación de tranquilidad que hacía mucho tiempo no disfrutaba, volvió de nuevo. Ello le permitió conciliar el sueño y en un abrir y cerrar de ojos, se hizo la luz: habían pasado un lustro desde el día en que fue blanco de aquellas pelotitas de papel.

Con esa tranquilidad que solo poseen los predestinados, se sentó de nuevo en otra cafetería y pidió un café recién hecho. El agradable aroma inundó el recinto, escapó por la ventana donde la cornisa estaba resguardaba por un apretado seto de rosas combinados con girasoles. El aroma escapó hacia el dorado de la tarde. Por fin pudo sonreír de nuevo a solas.

Cerró los ojos y suspiró profundamente. Esta vez, estaba absolutamente convencido que ni siquiera un terremoto lo haría voltear de nuevo buscando el origen.

12-DEFENSA INDIA O EL HECHIZO

Casi siempre en momentos de reflexión tratando de encontrar las respuestas adecuadas, se le venían a la mente memorias del pasado. Otra de las historias que recordó en algún momento y que permanecía casi oculta en los surcos más profundos de la memoria, en esa búsqueda incesante de respuestas, en realidad se trató tan solo de una historia de desencuentros.

En el principio de las cosas, cuando el tiempo y el espacio eran uno solo, fue realmente el momento en que empezó todo. Aún el amor y el odio no existían, tampoco la envidia, ni siquiera la traición.

En ese claro oscuro de situaciones, él no podía aún entender cómo era posible que existiese una canción que dijese "no le pares, sé feliz" o de que algún día existiría otra letra que solo fuese una "Samba pa tí", o que muchas cosas en el transcurso de la vida, aunque pareciera no tenerlo, en realidad si tenían algún sentido.

Aquella amiga del Páramo de la Culata, dedicada a las artes oscuras, y que vivía en las montañas del centro de Venezuela, experta en esas artes y en especial las concernientes al amor, hizo un viaje exclusivo para debatir el tema a la ciudad de Valencia, donde él estaba construyendo una casa junto a un lago.

La discusión sobre los temas abordados fue acalorada. Cada uno trató de demostrar con los argumentos aprendidos a través de los años de experiencia, que tenía la razón.

Desde luego, la contundencia de cada argumento de parte y parte en una rara combinación de temas como lo es el ajedrez y un antiguo arte hindú, en todo un fin de semana de frenéticos debates exhaustivos, no dejó otra alternativa que considerar la discusión, cual partido de ajedrez de verdaderos maestros, incluyendo algunas variantes no reveladas por Capablanca y combinadas con lo oculto entre líneas del *Kamasutra* para los verdaderos entendidos. Conclusión, unas "equilibradas tablas.

A pesar de las diferentes posiciones en que se abordó el tema, algunos argumentos por su flexibilidad tratando de ganar la demostración no se tomaron en cuenta. En definitiva, no se encontró unanimidad sobre los resultados. Se hacía necesario entonces, estudiar el tema en profundidad y quedó planteado que con calma y sin prisas, se reunirían en tiempos futuros, en esta vida o la otra, para tratar de encontrar una salida a semejante entuerto.

Él había escuchado un tema que en cierta forma llegó a intrigarlo. Se trataba de "El agua de los siete canales" o algo parecido a lo que otros llegaron a llamar, "El lado oscuro de la fuerza".

Muchos hechos sencillamente se pierden en las marismas de la memoria y solo salen a flote por la aparición de algún detalle que nos impacta de frente, sin saber a ciencia cierta, ni cuando, ni dónde, ni por qué...

El agua de los siete canales, pensó con cierta curiosidad la primera vez que lo escuchó y supuso que hacía referencia a los famosos canales de Venecia, pero la inocencia que embarga los primeros años de la adolescencia, hacía imposible imaginar siquiera, de que se trataba, aunque a medida que se develaba el misterio, comprendió que en realidad era un tema mucho más profundo.

Muchísimos años más tarde, entendería perfectamente el mensaje de advertencia de su sabio abuelo, pero en aquel momento, como el mismo llegó a considerarlo, aún no estaba preparado para los múltiples combates que libraría en la vida en esa materia, ni cómo se explicaría con solvencia en la película *La Guerra de las Galaxias*, y desde luego, tampoco sabía en qué consistía el lado oscuro de la fuerza.

Pero era evidente que algún día, conocería de primera mano, cuál era el misterio de tan poderoso hechizo y cómo, por éste, se han llegado a perder incluso reinos o por lo menos, han hecho huir en bombas de fuego, a distinguidos miembros de antiguas coronas europeas.

Por lo general este conocimiento, se brinda por transferencia directa y en este caso, la que había conocido con el apodo de "La bruja del páramo de la Culata", ella estaba dispuesta a poner todo de su parte, sin que le quedara nada por dentro y deseaba transferir esos conocimientos, alineada y de muy buen talante, a dedicar si era necesario todo un tutorial completo, incluyendo demostraciones prácticas, sobre tan delicada materia.

Era tal su interés didáctico, que solo por esta única vez, estaba dispuesta a que fuese Ad honorem esa transmisión de conocimientos, en virtud de que un discernimiento tan valioso, no era justo que fuese a quedar perdido entre las pantaletas, perdón, entre los pantanales del olvido...

Finalmente, después de recurrir a la teoría de ensayo y error por más de medio siglo, después de probar elixir tras elixir por los cuatro rincones de la tierra y en los lugares más insospechados, llegaron a una conclusión incuestionable: aunque parezca increíble y muchas veces inalcanzable, vale la pena esperar por el verdadero amor y más cierto aún, no hace falta usar hechizo alguno, ni siquiera el más poderoso de todos: "El hechizo de la prestobarba..."

Por cierto, nunca den prestada la prestobarba para delinear la línea del bikini.

13-EL ENROQUE

Los detonantes que activan los recuerdos, se dan muchas veces de la manera más insólita e incomprensible, solo la mente en sus profundos misterios quizás pueda entender el por qué los saca a flote.

Según el recordaba, aquella amiga era una persona muy culta y a pesar de que le sobrepasaba quizás en un poco más de unos quince años, estaba muy bien conservada, gozaba de un excelente gusto para vestir, de finos modales, lectora de los escritores clásicos, amante de la poesía y de los elegantes sitios que existían en aquella ciudad de Caracas, mucho antes de que fuese casi destruida por la revolución.

Era evidente de que se trataba de una persona refinada, viajada por los cuatro puntos cardinales del mundo y conocedora de diferentes culturas. En varias oportunidades tuvo el gusto de visitarle en su casa en una acomodada urbanización de la capital, de disfrutar de un aromático café recién hecho, con galletas de avena horneadas en casa.

Conversaron en cierta oportunidad, sobre la posibilidad de diseñar y construirle en una parcela de terreno de su propiedad, una casa de playa de acuerdo al presupuesto que tenía disponible y destinado para esos fines.

Este lote estaba ubicado a más de cuatro horas por tierra de la capital, en aquel momento lugar de residencia de ambos, en una zona costera de blancas arenas y aguas cristalinas, sitio paradisiaco como muchos de los lugares que existen en esa hermosa tierra bendecida por Dios.

Por la distancia, se hacía necesario pernoctar en el pueblo por lo menos una noche, dejando un día para la investigación, bocetos a mano alzada, mediciones y regresar al otro día, de manera que se planificó que fuese un día viernes, investigación el sábado y regreso, el domingo, debidamente descansados y sin prisas del viaje.

Al llegar al sitio de destino, se hizo todo según lo programado y por la noche, visitaron un boulevard al lado de la playa, donde el rítmico sonido de unos tambores, se hacían eco en la fresca noche, mientras unas parejas de jóvenes negros de la zona, bailaban una danza en un bien coordinado y cadencioso frenesí, recuerdo quizás de sus ancestros africanos. Aprovecharon para ingerir una media docena de cervezas Polar bien frías.

Al llegar al hotel, habiendo quedado en habitaciones contiguas, el comenzó a plantearse una duda metódica: ¿Le tocaría la puerta?

La imprudencia, propia de los efectos etílicos hizo el resto. A pesar de la seminconsciencia, al caerle con el primer beso apasionado y recostarla cual ardiente Romeo italiano contra la puerta, también esperaba al mismo tiempo que en cualquier momento, el golpe certero de un rodillazo hiciese blanco más arriba de la rodilla, por semejante atrevimiento, pero quedó sorprendido cuando a diferencia de ello, escuchó la frase casi susurrante, "mejor allí, que es más cómodo..." señalando el amplio lecho.

El resto de los recuerdos por los años pasados, se le pierden entre las nebulosas del tiempo, pero es muy probable que fuese una combinación de muchas cosas, incluso un capítulo de héroe Spiderman, donde queda enredado tratando de salir, apartando toda una red de telarañas...

14-LA TÉCNICA DE CAPABLANCA

Con la aprendido en esa complicada materia con el paso de los años, ya los amigos más cercanos, llegaron a rebautizarlo como "El Sensei del amor".

Conoció al ingeniero Balmore como compañero de trabajo cuando llegó a formar parte de un equipo de inspectores de obra en un proyecto de construcción, de varios edificios frente al aeropuerto Maiquetía, en Caracas.

Desde un principio estableció una buena amistad a pesar de las dos décadas que los separaban en edad. Ya Balmore estaba matriculado como sexagenario, mientras en aquel momento el transitaba con tranquilidad los inquietos cuarenta y dele.

Dado su poca pericia en el manejo de los procesadores y sistemas informáticos, él lo ayudaba dándole algunas indicaciones mientras Balmore se encargaba de hacer el café para todos, en unas matemáticas proporciones que le daba el mismo grato sabor diario mientras el resto de compañeros aprovechaban la pausa para escuchar las narraciones de sus aventuras de juventud. Finalmente, con el peso del tiempo, el grupo de cuatro inspectores se volvieron muy amigos.

Una vez por algún motivo de trabajo, le invito a su casa a buscar una información y pudo narrarle otros acontecimientos de su vida que desconocía. Estaba divorciado hacía algunos años, motivo por el cual, y dada la formación que se recibe desde infantes por estas coordenadas, el desorden brillaba a simple vista y la evidente falta de la presencia del buen gusto de una pareja para arreglar los detalles domésticos, era evidente.

Para esa época él conocía un grupo de casi media docena de amigas adultas contemporáneas entre divorciadas y viudas, quienes compartían la característica de ser independientes económicamente, gozaban de suficiente libertad y tiempo, al no tener perritos o gaticos que pudieran censurarles alguna actividad de tipo recreativo.

EL APRENDIZ DE AJEDRECISTA

De manera que muchas veces con ese grupo, los fines de semana se iban a alguna fiesta, a la playa, a un parque, cine o cualquier otra actividad, para ocupar el ocio disponible.

En vista de la evidente falta de una mano femenina en la casa del amigo Balmore y la nostálgica soledad que lo acompañaba, le insinuó la visita de una de sus amigas para que lo ayudase a organizar las carencias que había observado en la visita a su casa y el de buena gana aceptó la idea, considerando quizás la compañía los fines de semana para tener a alguien con quien por lo menos poder intercambiar ideas sobre el último estreno en cine, algún libro de moda o sencillamente conversar sobre lo humano y lo divino.

Le dijo a la menor del grupo quien ya había pasado con seguridad del medio siglo y circulaban los primeros años sexagenarios, pero que aún conservaba vestigios de lo que había sido una agraciada imagen, la vitalidad y algunos atractivos incluso de años ya idos.

No supo más de los hechos acaecidos, solo hasta un tiempo después, en una playa cercana donde la pareja disfrutaba del paisaje además de una amena conversación y una que otra bebida espirituosa. Aparentemente la relación iba viento en popa, pero conservando cada uno su ya acostumbrada independencia.

Lo que, si recibía con una creciente persistencia, fue la solicitud por parte del resto de integrantes del grupo de viejas amigas sexagenarias, quienes preguntaban que, si de casualidad no conocía algún otro ingeniero con las mismas características del amigo Balmore, para que las acompañara en el atardecer melancólico de sus vidas.

15-DEFENSA SICILIANA

Un viernes como cualquier otro, el día había sido caluroso a grados excepcionales, muy caliente, casi formaba un vaho transparente que subía desde el piso, desdibujando las siluetas de las cosas.

Por momentos con un poco de imaginación, él se situaba en la tierra de sus ancestros en el Sahara y únicamente faltaba el desfile ¡De una caravana de camellos!

Quizás la fatiga se debía no tanto al trabajo que había realizado, sino a lo pesado del ambiente que por segundos parecía tan cargado, casi como si subiera una inclinada pendiente encima de una bicicleta humedeciendo la camisa al grado de pegarla completamente a la piel.

Por fortuna el llevarla en su mente, hacía cada día más liviano y el alma más ligera de tal manera, que por la tarde la alegría era absoluta, al estar todo lleno de la inmensa posibilidad de verla y quizás amarla intensamente por todo ese fin de semana, que llegaba por momentos a parecerle infinito.

Sentía ese calor, casi sofocante, plástico, pegajoso. El cabello húmedo por el sudor y en su mente ¡Oh cosa extraña... tan solo ella! Solo que, para sentirse bien por completo, la necesitaba consigo, no virtualmente, ni en la imaginación.

Era entonces necesario hacer ejercicios de fantasía. Recorre cada parte de su cuerpo desde la última peca que había contado, hasta la punta de los dedos de sus hermosos pies.

Llegaba incluso a sentir lo tibio de su piel, percibía el sonido suave de su voz, lo brillante de su mirada y ese no sé qué de incógnito que aún a esas alturas, le intrigaba y le atraía, como la flama a la polilla. Se quemaba por ella y volvía a renacer ¡Que misterio tan asombroso! Se sentía atado, pero con dulzura, preso pero voluntario, ¿Quizás querido, quizás amado? ¿O tan solo sencillamente engañado por completo?

Su ciega ingenuidad se tambaleo cuando le preguntó por qué no desconfiaba de ella. Era algo que jamás le había pasado por su mente, dicen cuando la realidad, empezó a coincidir exactamente con los sueños y pudo por fin percibirlo. Hacía ya tiempo que, él no se había dado cuenta, pero todo había terminado.

Desde que sucedieron los hechos, todo de alguna manera, había cambiado. Parecía que caminaba bajo un cielo cubierto de nubes grises, y que una brisa desagradable soplaba en dirección noroeste. Le dijeron que tan solo eran los vientos alisios. Caminaba por las calles pavimentadas de la Avenida Baralt, aún con la resaca causada por el abandono y con el corazón destrozado por el dolor que solo los verdaderos sentimentales pueden causar.

A aquel afiebrado romance de los últimos tres años, la joven había decidido poner fin, terminando la relación, pero de una manera extraña y sin la más mínima explicación. Otra decisión controversial, fue, además, ir a vivir a otro continente, poniendo muchos kilómetros y todo un océano de por medio y dejándolo, sumido en la más profunda de las tristezas.

Los días se convirtieron en semanas y luego en meses, pero no podía dejar de pensar en ella. Cada detalle había sido tatuado al fuego en su corazón. Recordó que no era la primera vez que era abandonado y no podía dejar que lo que creyó en esta oportunidad era el amor definitivo en su vida, al esfumarse así sin más explicación, lo dejara destruido y aplastado contra el pavimento. Así que se prometió a sí mismo, que seguiría en esa eterna búsqueda y algún día, si se lo proponía, encontraría de nuevo ese sentimiento perdido.

Con esa convicción, se dedicó a prepararse para conseguir el único propósito que consideraba valía la pena en esta vida y se dispuso a alcanzar su objetivo, así le consumiera el resto de su existencia. Empezar desde cero, era algo que no le era extraño.

Los años fueron pasando y ahora, convertido en un hombre con un propósito, logró ingresar a una poderosa compañía, donde con férrea voluntad y absoluta disciplina, fue escalando posiciones hasta llegar a lo más alto. En cuanto al viejo amor, trató de encontrarla, pero ella ya no era la misma chica de la que se había separado. Ahora era una adulta joven, con nuevos amigos, nuevos planes y una vida completamente diferente.

Intentó reconectar, pero ella parecía distante, atrapada en el torbellino de su nueva vida. Sin embargo, él no se dio por vencido. Insistió, se acercó de manera sutil, buscando pequeños momentos que pudieran revivir el amor que alguna vez compartieron.

Con el paso de los años, ella comenzó a notar la presencia de aquella locura de juventud. Empezó a recordar los momentos apasionados y, poco a poco, los sentimientos que creía olvidados comenzaron a resurgir. Pero el destino tenía otros planes. Justo cuando parecía que sus caminos podrían cruzarse de nuevo, el recibió una oferta de la empresa donde trabajaba para crear y dirigir una nueva división en un país pujante de oriente próximo. Tenía que tomar la decisión de seguir adelante o volver. Aquel dilema, se hizo el más difícil de decidir.

En un último gesto de amor, ella le escribió una carta, expresando todas las confusiones que había guardado durante tantos años. Le comentó cómo había sido egoísta, donde no le había importado a sabiendas, destrozar su corazón a pesar de saber que ella era su musa, y le pidió que, si aún había algo en su corazón, reconsidera su decisión.

Él leyó la carta, pero su corazón, con el sufrimiento se había endurecido. Ya había agotado las lágrimas de sus ojos, y comprendió que todo el sacrificio y la dedicación a la superación para reconquistarla, en realidad al final, se había convertido en una lucha por sí mismo.

Se dio cuenta de que el amor verdadero, el que soporta el tiempo y la distancia, merecía una oportunidad, pero una verdadera. Decidió irse y seguir la búsqueda con la esperanza de que quizás, en algún momento, sin desespero y sin buscarlo, aparecería el verdadero, pero de una manera natural, maravillosa, sin forzarlo y para el resto de su vida.

Y así, preparó de nuevo su equipaje y en una cómoda butaca de primera clase de una aeronave de *Emiratos Airlines*, se marchó decidiendo como ya era su costumbre, dispuesto a empezar de nuevo, a ver que le deparaba el destino.

EL APRENDIZ DE AJEDRECISTA

No sabía cuánto era el saldo que le quedaba, pero llegó a la conclusión que si por las mañanas podía abrir los ojos, era más que suficiente y consideraba que ya tenía, por lo menos, media batalla ganada.

16-EL CENTRO DEL TABLERO

Después de recorrer medio mundo, decidió que debía regresar a sus orígenes. Por otro lado, el rosario de romances, continúo en una secuencia frenética, como si se trataran de las cuentas del mismo. Algunas veces ganaba, otras veces perdía y unas más, eran unas sencillas tablas.

El no poder descifrar algunas veces la situación, llegaba un momento en que se convertía en una carga demasiado pesada. El colapso era entonces inevitable, hundiéndose en un tor-bellino que lo llevó finalmente a la perdida de la cordura.

En ese momento de profunda depresión, durante las terapias, en las charlas diarias de tratamiento, llegó a conocer a una joven voluntaria que le fue asignada y quien era una monja de una congregación de caridad y quien hacía un trabajo social ayudando a los pacientes y colaborando con ayuda de la fe, a hacerlos volver de nuevo a la realidad. Ella se propuso, que, en su infinita misericordia, trataría de ayudarlo a superar la crisis.

Al ir recuperándose e ir saliendo poco a poco de su falta de juicio y al haberle abierto esta persona su alma, comienza a nacer en su interior un profundo sentimiento por esta per-sona, pero sabe desde el inicio de que cualquier relación estaría condenada al fracaso.

Sin embargo, decide vivir hasta el último momento esa pasión, a pesar de lo difícil de las circunstancias. No quería abandonar este mundo sin haber experimentado ese maravilloso sen-timiento.

Por fin fue dado de alta y la cantidad de medicamentos fueron reducidos casi a nada. Pudo regresar a su casa, pero hizo todo lo posible para conversar con ella, aunque fuese una última vez. Quería confesarle ese oculto sentimiento que ocupaba desde hacía tiempo, todos los espacios y todo su pensamiento.

Sintió en ese momento que el tiempo se congelaba. Desapareció como por encanto el bullicio de los autos, las estrepitosas bocinas, el coro desafinado de los vendedores ambulantes, la discusión bizantina del par de indigentes que vivían en esa esquina y soñaban con un mundo felizmente socialista, humanista y participativo, como el de Aldous Huxley, pero en donde "se heredarían carro y casa con piscina, de aquellos que ahora, por el contrario, les tocaría vivir en ranchos colgados de los cerros de Caracas", era esta su absurda y permanente discusión.

Al entrar a la cafetería de la esquina, todo era diferente. Desde el bronceado de las dos adolescentes que habían adquirido bebidas dietéticas y el hermoso color en su último viaje a la isla de Margarita, hasta la chica que manejaba la greca, preguntando como lo quería, ¿marroncito claro o guayoyo corto sin azúcar?

En un instante todo se volvió mágico, las mesitas redondas desaparecieron, el barullo de los clientes, incluso la columna redonda atravesada en el medio del local, cubierta de retazos de espejos para mimetizarla y disimular el error del arquitecto.

El sonido de los platos y cubiertos, en resumen, todo adquirió de repente nuevas dimensiones y apariencias. Se vio en un instante transportado a un fresco jardín parecido al de *Trevan-ian*, pero que al instante llegó a comprender que se trataba de su propio Shibumi. Una pequeña cascada en el medio, produciendo rumores cristalinos al chocar suavemente contra las piedras, un jardín musical propio de los japoneses.

Una saturación de flores, en una policromía sorprendente de los más variados e increíbles colores, el aire impregnado de la fragancia más exquisita y agradable hasta ahora conocida. Por ella el propio Karl Lagerfeld mataría para robar la fórmula y a su lado, acompañándolo desde siempre, la serena figura de la Soledad.

Los minutos se convirtieron en horas y las horas pulverizaron la tarde. No quedó otro camino que recorrer la noche, suman-do un día más en este interminable rosario en que se había convertido la secuencia de su vida.

Al salir del cafetín que quedaba diagonal al hospital de La Cruz Roja a unos pasos de la Avenida Urdaneta de Caracas, ya era de noche y los faros de los automóviles proyectaban haces de luz que brevemente iluminaban la oscuridad.

Vio desde lejos como se retiraba aquella bondadosa persona y sintió que la nostalgia le invadía por dentro, pues estaba totalmente seguro de que sería la última vez que la vería en su vida.

En efecto, tiempo después supo que se había retirado del Convento y nunca más volvió a ver a Sor Soledad.

17-PERDIENDO EL PEÓN

Tiempo después de la manera más insólita y sin buscarlo, en un viaje de dos horas en un autobús como pasajero, sin saberlo aún, se sentaría a su lado la persona que iría a convertirse en un nuevo aprendizaje, en otra respuesta a los múltiples interrogantes sobre el amor, el ser quien llenaría en aquel momento todos los espacios y borraría todas las nostalgias y que, desde ese momento, desde ese mismo instante y para siempre, le acompañaría hasta el final de sus días en este plano y por qué no, también en el otro, si este existiera.

Después de la devastación ocasionada por aquella separación y la resaca que inundaba todos los sentidos, hacía encaminar cualquier comportamiento en una dirección errática, aplastando completamente contra el pavimento cualquier idea con tintes de cordura. Era algo previsible, todo avanzaba destruyendo los últimos vestigios de sentimientos y transformando la existencia en un desierto donde no florecían ni los cactus.

En ese momento en un instante de clarividencia, pudo estar seguro que la inexperiencia y los cientos de veces que escucho «*La juventud divino Tesoro*», es tan solo el espejismo de la inmortalidad y muchas veces no es la mejor consejera para tomar algunas decisiones importantes en la vida.

Después de vagar por un tiempo sin rumbo y sin sentido, consideró que había llegado el momento de volver a empezar. Lo primero era lo primero, centrarse en la sobrevivencia, de manera que, por coincidencias de una serie de hechos fortuitos concatenados, lo llevaron finalmente a resolver, por lo menos lo referente a los ingresos. Había comenzado a trabajar en una empresa de ingenieros.

Unas semanas atrás, llenó una solicitud correspondiente a un aviso que había salido en la página de empleos en un periódico de la ciudad. Al no poseer en ese momento dada su precaria situación, un teléfono donde ser localizado (aún no se tenía idea que alguna vez no podríamos vivir sin estar despegados unos segundos de nuestro Smartphone), le pidió a un amigo el favor de que, que, si por casualidad llegaban a llamarle de alguno, le hiciese el favor de avisar para responder y poder asistir a la entrevista.

Treinta años después, al haber emigrado sin querer a causa de un modelo económico errático que destruyó la economía de su lugar de origen, se encontraría a este amigo en una avenida de la ciudad de Lima, retomando desde ese momento una conversación que había quedado pendiente muchos años atrás.

Dos años después de esa charla de reencuentro, el sería arrebatado sin ninguna piedad de este plano, por una devastadora pandemia que se ha llevaría a mucha gente conocida y que en ese momento se esparcía como pólvora por los cuatro rincones de la tierra.

Le volvió a la memoria como en aquella lejana época, habiendo pasado casi un mes de haberle solicitado a ese amigo el favor para que le tomara la llamada, en un encuentro casual en la Redoma de Petare de Caracas, éste recordó que le habían llamado para que asistiese a una entrevista de trabajo. Se dirigió prontamente a la oficina de los ingenieros solicitantes.

—Eso fue hace varias semanas, le dijo el ingeniero José Diez, pero la necesidad tiene cara de hereje y permaneció con un rostro de piedra, como si acabara de almorzar copiosamente, cuando en realidad ya llevaba varios días de hambre.

A pesar de haber pasado un tiempo desde que intentó comunicarse, le dijo uno de los dueños de la compañía, aún no habían tomado una decisión al respecto y por fortuna, después de un corto intercambio de ideas y de una vieja foto en su currículo, donde aparecía construyendo *«El Puente sobre el río Aroa»*, salió favorecido a pesar de que existía una torre de carpetas con solicitudes, de por lo menos unos veinte centímetros de alto, que permanecían sobre un escritorio a la espera de una decisión sobre ese punto.

Agradeció la oportunidad y comenzó a laborar en aquella oficina. El trabajo consistía en la administración de una pequeña ampliación en una institución educativa del estado en la ciudad, donde tenía cierta libertad para gerenciar la obra. Ellos estaban concentrados en un trabajo de mayor envergadura, referente a la construcción de una represa en un embalse llamado, en el centro del país, exactamente en las tierras falconianas.

Al pasar un par de meses, se reunió de nuevo con los dueños. Aparentemente necesitaban una persona de confianza con las cualidades que había demostrado hasta ese momento, para integrar al equipo que trabajaba en la represa. Aquello significaba unas notables mejoras salariales y otros incentivos que hacía aquella oferta atractiva.

El campamento base quedaba en un caserío llamado San Luis de la Sierra, mientras que la obra en sí, a una media hora a través de un camino destapado y polvoriento.

Su lugar de residencia quedaba a unas cuatro horas por carretera del lugar de trabajo y las visitas a su casa se reducían en consecuencia a una cada mes. Por el caserío donde quedaba el campamento base, pasaba un solo transporte a las cinco de la tarde que, si no se lograba tomar, había que esperar hasta el día siguiente para una nueva oportunidad para que lo sacara de ese lugar.

Ese viernes le tocaba la acostumbrada visita mensual a su casa. El poco tiempo solo le permitió llegando de la obra al campamento base, tomar un pequeño maletín de equipaje, enfundarse una gorra de "Los Leones" y unos lentes de sol. Al pasar por el espejo del cómodo tráiler que servía de vivienda al personal técnico, alcanzó a ver a un melenudo con varias semanas de retraso en el corte de cabello.

Al llegar al terminal de pasajeros de la capital del estado, por casualidad estaba haciendo una parada transitoria un lujoso autobús con amplios ventanales polarizados y al interior un potente acondicionador de aire, mantenía el vehículo con una agradable temperatura. Desde allí hasta su casa el viaje era de cuatro horas con una parada intermedia en la ciudad de Valencia, tierra de naranjas dulces y hermosas mujeres.

Por fortuna traía varios puestos desocupados e hizo un recorrido desde el inicio hasta el final del pasillo, haciendo como si buscara un puesto desocupado, pero en realidad ya había visto a la hermosa rubia quien leía una revista *Ocean Drive* y que estaba sola en un puesto para dos, a la entrada del autobús. Le calculó unos treinta, mientras él rondaba casi los treinta y cinco.

—¿Estará disponible señorita? le dijo en un tono muy suave y tratando de proyectar mucho respeto.

—Si lo está, si es que gusta sentarse. Respondió tajante y sin moverse del puesto del pasillo, reflejando un rostro de franco fastidio y apartándose ligeramente para que se ubicara en la ventana. Casi de inmediato durmió una ligera y recuperadora siesta de unos quince minutos.

Al despertar, se dediqué por un rato a analizar cada detalle de la hermosa rubia. Por algunos pormenores solo para expertos, era evidente deducir que poseía estudios universitarios siendo profesional en alguna rama de la salud, como llegó a confirmarlo más adelante.

En su dedo anular, aún permanecía la huella de un anillo que al parecer estuvo por un tiempo prolongado en el sitio. Por otro lado, de soslayo, pudo ver algunos artículos de lujo que ofrecía la revista que estaba leyendo y al detenerse en un escrito que hablaba sobre un ambiente diseñado para producir serenidad y sosiego en un balcón orientado hacia el sol de la tarde, con una mesita central rodeada de setos combinados de girasoles con jazmines, que además del color ámbar y amarillo, daban al ambiente creado un aroma de ensueño.

Hizo aparentemente sin querer un comentario sobre la magnífica fotografía, resaltada por la buena calidad del papel satinado en que estaba impresa. Era un tema sobre el que tenía someros conocimientos de su época académica y sobre el cual podía sostener una conversación medianamente inteligente.

Fue el inicio de una amena charla donde se iban entrelazando temas, uno más interesante que el otro, hasta caer en el síndrome del cura confesor, donde le habló de su traumático divorcio, de las dos niñas que eran ahora el motivo de su lucha, del postgrado que cursaba los fines de semana en la ciudad donde iba y que quedaba a dos horas de su hogar y en su caso, a media distancia de su sitio de destino.

El autobús hizo una corta parada en un amplio y próspero comercio a orilla de la carretera (aún no había sido reducido a escombros por el socialismo) y pudo invitarla a un café Juan Valdés recién hecho, para continuar la grata y fluida conversación.

Ya llevaba un mes prácticamente retirado de la civilización y la joven médico, entre su trabajo, la crianza de las hijas y las ocupaciones del postgrado, no le quedaba tiempo para una conversación ligera sobre temas relajados e intrascendentes. Era muy probable que, debido a su apretada agenda, no había tiempo para relaciones sociales y mucho menos íntimas. Debió admitir que se trataba de una persona decente, con un claro compromiso con la vida, con una sed insatisfecha de afecto debido a causas que vemos a diario, injustas y circunstanciales. El abandono de su esposo por una mujer más joven y luego tener que cargar con el compro- miso de llevar lo que quedaba del hogar hacia adelante, la colocaban en una posición completamente vulnerable.

Se había disuelto su hogar por motivos injustos y egoístas. Estos hechos se cometen con excesiva frecuencia por estas y otras latitudes, arrastrando a la descendencia muchas veces a marcas profundas producidas por la disolución y rompimiento del núcleo de una sociedad sana, como lo es la familia.

A pocos minutos de su destino y a dos horas del suyo, ante ese encantador ser, era casi obligante que surgiese el intento de plantear un reto interesante. Al igual que un partido de ajedrez de experimentados maestros, hacer un enroque, sacrificar el alfil, reinventar un gambito de la reina y comerse el peón para definir aquella partida si es que esto resultaba posible. Era en ese momento o nunca.

Le propuso quedarse en el mismo hotel que ella se alojaba en la ciudad donde hacía sus estudios de postgrado y seguir la agradable conversación, sobre temas cada vez más profundos. Parecía obligante una charla larga y tendida. Al parecer, a la chica le encantaba la lectura y su grado de conocimiento sobre diferentes autores, parecía infinito. Se pasearon por los clásicos rusos y luego cayeron en la nueva narrativa del boom latinoamericana.

—Pero solo nos conocemos hace dos horas, protestó, pero claramente ya sin mucho convencimiento ni resistencia. Después de pensarlo por unos minutos, salomónicamente propuso que siguieran la charla "a ver qué pasaba"

Es fácil imaginar que una vez registrados y subir para refrescarse un poco del largo viaje, era casi obligante. Los temas que se siguieron tratando ya tocaba saber nadar en aguas profundas. Le sorprendió el conocer que también se había leído dentro de la gran variedad de contenido, el *Kama Sutra,* pero agregando algunas variantes que jamás se le hubiesen ocurrido y que solo se insinúan brevemente en el texto original.

El largo verano de parte y parte, no hace falta decir que trató de remediarse ipso facto, es decir, «*en el acto*», comprobando en la práctica que esa dimensión llamada tiempo, es verdaderamente relativa, como decía Einstein y las horas se convirtieron en minutos. Se juntaron en ese instante «*El hambre con las ganas de comer*».

Al día siguiente se despidieron con la promesa de verse en el próximo viaje. La vorágine de la vida de parte y parte, y otras complicadas situaciones, hicieron imposible que un segundo encuentro se realizara a corto plazo.

La chica había regresado a vivir con su madre, es decir, la «suegra potencial», la cual, ante el reciente fracaso de la relación de su hija, trataba de mantenerla a salvo de otro inmediato desengaño y filtraba todas las llamadas telefónicas. Desistió después de tres docenas de intentos. El número que aparecía en la tarjeta de presentación que le dio al despedirse, era el de la casa de su madre. Guardó esa tarjeta por un tiempo.

Años después, de casualidad le tocó visitar nuevamente la ciudad de residencia de la doctora para ir a elaborar un trabajo en el hospital de la ciudad y recordó la existencia de la tarjeta.

EL APRENDIZ DE AJEDRECISTA

Esta vez, la «*Suegra potencial*», fue exageradamente minuciosa con los datos y referencias para dar la ubicación de su hija, hecho que no le dejó sorprendido en exceso. Era muy probable que pensara, que ya era hora de que la muchacha rehiciera su vida sentimental.

No trabajaba en el hospital, pero si en una clínica privada, cercana al lugar donde haría la obra, de manera que no era complicado hacerle una visita de cortesía.

Al ir a la clínica donde laboraba, le atendió la enfermera y asistente a la cual le entregó la vieja y amarillenta tarjeta con su nombre escrito en el reverso. La enfermera regresó diciéndole que la doctora no recordaba de quien se trataba, pero que por favor esperara que terminara de atender el paciente de turno para hacerle pasar unos minutos.

Al pasar, le dijo que recordaba perfectamente esa partida de ajedrez, pero que la embargaba la vergüenza por esa situación tan descabellada propia de la locura de esos años. Le dijo que, si de casualidad se quedaba esa noche en la ciudad, podían cenar para llenar todas las hojas en blanco de las agendas de sus vidas, pero los compromisos pendientes, actividades inaplazables ya contraídas y estar viviendo otra etapa, hizo que esa fuese la última vez en que pudo ver a «*La doctora corazón*»

18-JAQUE MATE

Pasado unos años más, cuando ya se había recuperado completamente de las heridas del primer desengaño, de algo tan lejano en ese momento para él, como lo era la adolescencia, cuando había comido, bebido y recorrido los cuatro puntos cardinales de la tierra, estaba listo para conocer la que sería su pareja por el resto de la vida.

Entendió en un instante que la búsqueda por fin había terminado. Lo supo desde el primer momento en que le llevó la contraria y seguramente así será hasta el final de sus días. Si en su camisa sus dibujos son cuadros blancos, los de ella siempre serán círculos.

Caminaron descalzos por las arenas de las playas de Cartagena, mientras el inmenso disco anaranjado se hundía poco a poco en la perfecta línea acuosa del horizonte. Por fin había terminado una búsqueda que había empezado medio siglo atrás y que al principio supuso que sería eterna.

Después de subir y bajar la ola de la prosperidad, después de haber sufrido el desengaño del primer amor adolescente, después de visitar innumerables lechos, después de haber sufrido el dolor de la pérdida de un ser querido, después de haber rogado por otra oportunidad y después de haber recibido no una sino dos bendiciones, entendió por fin las últimas palabras de su madre en el lecho de muerte.

——Ten paciencia, no te desesperes, la que ha de llegar, llegará.

En ese momento llegó a la conclusión que su equipaje siempre será el más liviano, solo hará falta la mutua compañía. Los verán en cada pareja de adultos contemporáneos que se derriten al verse y que se aman como adolescentes en cada aeropuerto del mundo.

Ahora, estaba completamente convencido de que el equipaje en este viaje puede ser lo más ligero posible: ¡El amor que había esperado toda la vida y su cepillo de dientes!

EL APRENDIZ DE AJEDRECISTA

Agarró su camioneta como siempre, con la música de Roberto Carlos en el equipo de sonido y tomó rumbo a la ciudad donde vivía, a dos horas de distancia.

La orden directa del amor de su vida a quien por fin había encontrado en plena mitad de su existencia, era que jamás pasara de los sesenta por hora, y era imposible no cumplirla, pues ese verdadero sentimiento, que siempre había buscado y que una vez había perdido, y que por mucho tiempo le había parecido tan esquivo, esta vez, de verdad, sin que le quedara ninguna duda razonable, tenía la absoluta certeza de que lo estaba esperando en casa.

Finalmente, ya en el atardecer de su vida, llegó a la conclusión, que después de todo, a pesar del rosario de alegrías, pero también de sufrimientos, el balance no había resultado en puras perdidas. Tenía claras algunas conclusiones y estaba seguro que lo que verdaderamente resultaba importante, era entender el axioma de la vida, pero, sobre todo, haber podido de alguna forma comprenderlo y demostrarlo.

Después de sufrir la primera y más profunda de las heridas sentimentales causada por la traición en su adolescencia, después de este hecho producir la rotura en mil pedazos de su sensible corazón, después de haber perdido y recuperado la cordura producto de semejante dolor, después de nadar en medio de un océano de lágrimas, para después llegar finalmente a salvo a la otra orilla, se dispuso a encontrar cada uno de aquellos pedazos perdidos, pegarlos y olvidar para siempre el recuerdo de ese hecho tan nefasto.

Recordó como al principio, todo era oscuro y no veía luz en absoluto. Más adelante, pensando en algo que fuese importante para poder encontrar el camino, trató de aprender sobre el tema de quienes más sabían sobre tan delicada experticia.

No fue suficiente con leer cuanto libro o tratado existiese sobre el tema, sino llevar a la práctica cada teoría hasta comprobar por el ensayo y el error, que había de cierto en cada una de ellas para poder agregarla como válida o descartarla definitivamente por tratarse de un falso positivo. Perdió la cuenta de los romances que tuvo.

En ese delicado estudio que tuvo para conseguir la maestría y que incluía incluso degustaciones en los rincones más insólitos de las más variadas especies y ocultas geografías y coordenadas, logró obtener sobresalientes calificaciones.

Por mucho tiempo en la familia, se narró una anécdota considerada por todos como cierta, que, de muchacho, cuando iba por la calle incluso al encontrar las páginas de periódicos con algún material de lectura que considerase valioso, aunque estas páginas estuviesen sucias, muchas veces de las más insólitas sustancias, se detenía brevemente y eran alisados con los zapatos para leerlas, si el contenido valía la pena.

De todos, hay uno que no pierde vigencia y que aún mantenía sobre su escritorio, con múltiples marcadores, resaltadores, subrayados y otras marcas y que a cada situación cotidiana solía darle respuesta.

Finalmente, y como dicen, "ningún hijo de Dios, muere boca abajo", encontró por fin la respuesta a la ecuación.

En realidad, no era tan difícil. Por otro lado, el olor a torta casera recién hecha que salía de la cocina, inundó todos los espacios, revoloteo entre los rosales del balcón y la suave brisa d los vientos alisios, movió sin querer los girasoles. Fue en ese instante cuando pudo recordar y tuvo conciencia de que sesenta y cinco años atrás, había abierto los ojos al mundo y que, si se daba prisa, aún quedaban historias por escribir.

Tampoco supo que fue más dulce, el pedazo de torta casera que le dieron para probar como había quedado o el más tierno, cálido y tibio de los besos, que evitó al mismo tiempo que hiciese algún comentario...

En efecto, al final la ecuación era muy sencilla: Tan solo se trataba de sumar los momentos.

19-MOMENTOS

Que bella es la ilusión cuando renace
Imposible percibir tantos colores
Violencia serena nuestra alma invade
Campo fértil para todo, incluso amores

Sueños de gloria que aplazados fueron,
Retoman de pronto sentido en nuestra vida
Huracán dormido de pasión y fuego
Fuerza viril que se renueva... ¡Que se aviva!

A lo mejor son solo sueños que tuvimos
O quizás muy bellas y hermosas fantasías
Pero lo nuestro es solo eso, aunque no creas
Bellos momentos, lo demás es agonía

Eras la musa que deambulando andaba
Y puedo decirte desde ya esta premisa:
Nuevamente he decidido como el fénix,
¡Renacer por amor de las cenizas!

CARACAS, 22 de agosto 2024.